그해 겨울,
폰카시

그해 겨울,
푼카시

경향신문 후마니타스연구소 기획

강미라 강병숙 강춘수 권선욱 김경아
김규용 김도영 김미나 김용덕 김종우
김현숙 박지은 이미옥 이선정 전혜순

생각나눔

머
리
말

계절은 어느덧 여름으로 향하고 있습니다.

겨우내 얼었던 나무에 싹이 움트고, 봄꽃이 피었다가 지더니, 이젠 녹음이 짙어지고 있습니다.

이 아름다운 계절에 3번째 폰카 시 모음집이 탄생했습니다.

치열한 담금질을 견뎌낸, 15명 시인의 작품 75편. 한편 한 편 읽다 보면, 쓴맛, 짠맛, 단맛, 매운맛, 신맛, 쌉쌀한 맛… 우리 삶의 모든 맛이 느껴집니다.

"본 톡방은 김미희 작가의 〈폰카 시 쓰기〉 3기 강좌 운영을 위해 만들어진 방입니다."

기억나시나요? 새해를 며칠 앞둔 지난 연말 최희주 부장의 알림 글로 시작된 단톡방은 지금까지 쉼 없이 달려왔습니다.

새해 벽두에 강의가 시작된 이번 3기는 여러모로 달랐습니다.

수업시간에 하던 '3분 쓰기'는 주간 당번을 정해 날마다 시제를 올

리는 방식으로 이어져, 우산, 우유, 투표, 기적, 주사, 날마다 '카톡 카톡' 오늘까지도 울리고 있네요.

　수강생 한 분이 올린 일출 사진 3장에 광속으로 한 줄 감상들이 올라온 순간은 그야말로 전율이 느껴졌습니다. 사진 한 장 한 장에 '용의 눈', '내시경', '짝사랑'이라는, 섬광 같은 통찰의 메시지를 보며 '과연 시인들의 방이구나.'라는 감탄이 절로 나왔습니다.

　동해의 파도, 제주와 남해의 꽃소식, 눈 소식, 전국 곳곳의 풍경들, 일상의 사진들을 찍어 올리고, 시어들을 함께 길어 오르다 보니 한층 더 가까워진 느낌입니다.

　이번에도 시집 발간은 많은 분의 노력에 빚졌습니다.

　"모두 잘해내실 것을 믿어 의심치 않습니다.", "전원 과제 제출, 대단한 3기입니다." 무한 긍정의 아이콘 김미희 작가는 모두가 손잡고 자연스럽게 시의 문턱을 사뿐히 넘을 힘을 주었고, 전 과정을 세심히 챙기는 최 부장의 센스는 날로 빛을 더해 갔습니다. 바통을 이어받은 이수진 과장도 꼼꼼히 마무리 작업을 잘해 주었습니다.

그 해 겨울, 톤카시

겨울 감성이 듬뿍 묻어나는 멋진 표지를 선사해 주신 김미나 선생님, 모임 내내 열공과 응원의 분위기를 띄워 주신 권선욱 반장님께도 특별한 감사를 전합니다.

이미 시를 친구 삼아 즐겁게 놀고 계시는 여러분의 모습은 보기만 해도 가슴 따뜻합니다. 일상 속 사진 한 장으로, 한 편의 시 선물을 나 자신에게, 또 가까운 이들에게 건넬 수 있는 삶은 얼마나 풍요롭고 운치 있을까요?

소름 돋는 수많은 감동의 순간들을, 또 멋진 시집을 만들어 주신 15분 시인 여러분, 감사합니다. 축하합니다. 함께해서 즐거웠습니다.

2024년 04월
『경향신문』 후마니타스연구소장 송현숙

제2부 자 유

제3부 엉겅퀴 꽃, 벌레 먹은 나뭇잎

제4부 새 집

제5부 가로등 거미줄

제1부

밤송이와 선인장

밤송이

강미라

백팔번뇌 속
부처님 세 분
염불 외우고 계시네

선인장

강병숙

그땐 몰랐어
말에도 가시가 있어
심장에 박힌다는 걸

세월 지난 후에
네 가슴에 못이 될 줄

감추지 말고
원망하지 말고
활짝 열어 보여줄 걸 내 마음
꽃 한 송이 내밀걸

미안했어
고마워
이 한마디로 응어리가 녹을까?

유 산

강춘수

노인의 마당
그늘 한편에 선인장

주인 허리가 땅 아래로 굽어질 때
선인장 고개는 하늘 높이 치켜 오르고
주름진 살갗 위 그 검버섯손에 지팡이 쥐어질 때
선인장 피부에서 더 단단해진 가시는
부러움에 흔들리는 노인의 눈빛을 보았다

세월의 흔적을 안고 흙으로 돌아간 노인
펄떡이는 초록 심장을 안은 선인장은
홀로 남아 마당의 주인이 되었다

적벽의 선인장

권선욱

너의 몸뚱이엔 화살이 가득하구나
다 어디서 모은 것이냐
먼 옛날 적벽에서 화살 모았던
제갈량이 울고 가겠구나

반려 식물

권은서

고슴도치같이
뾰족뾰족한 너

새싹처럼
햇빛을 좋아하는 너

언제 물을 주나
기다리게 하는 너

매일 아침
키 재 보게 하는 너

오늘도 너에게
속닥속닥
비밀을 털어놓는 나

밤송이가 달린다

김규용

가시 발이 달린다
1번 2번 3번…
순서가 엇갈려
꼬꾸라지면 큰일인데

어떤 순서로
달리는 걸까?

나는 마음 하나
정하기 힘들어
갈팡질팡인데

가시 발로 달린다
서로 마음을 맞추며

계발선인장

김도영

바다로 가고 싶어 늘어진
가지

파도 소리 듣고 싶어 나팔이 된
꽃 무리

밤 톨

김미나

햇살을 세고
바람을 넘어
너에게 갈게

세 알 가득
천지를 품고

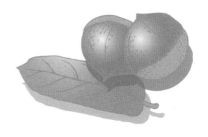

밤송이

김용덕

가시 같은 인생 속에 싸여서
이리저리 하늘 살피며 살아온 삶
차가운 가을비에 몸이 젖는다
지치고 힘들고 때로는 밀쳐 두고 싶지만
나를 붙들고 있는 저 앞의 가지들
그 옛날 어머니도 날 사람 만들려고
밤낮으로 가시에 얼마나 찔렸을까?

엄마가 뿔났다

김종우

츰부터 그런 사람이 어딧것냐
자슥 키우며 악다구니 쓰다봉께 그런 겨
가시도 물렁한 시절이 있어야

밤송이

김현숙

서슬 푸르게 날을 세우고
감싸는 것은
지켜야 하는 것이 있기 때문이다

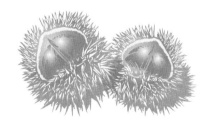

백년초

박지은

엄마 잃은 아기 씨앗
태평양 바람 따라
제주에 찾아왔네

아는 이 하나 없어
돌담만 헤아리고

꽃이라도 피우면
알아볼까
올해도 꽃을 피우네

가 시

이미옥 & 최휘연

선인장과
밤송이는 친구

오랜만에 만나
반가워 껴안다
따끔!

앗! 미안
아니! 내가 미안

가시끼리 톡톡
따갑지만 친숙한 가시

책상 위의 초록 신선

이선정

신선이 초록 손바닥으로 변신해 책상 위에서
손 인사로 반겨준다

1년에 한 번 꽃망울로 웃음 주고
보이지 않는 가시를 내어 스스로를 지키라 한다

감사의 마음을 어찌 표현할까
인사는 서로를 위해 에어 파이브로?

연 료

전혜순

낙타 등이
고봉밥을 닮았어요

선인장은
낙타의 간식

둥근 단봉에
가시도 녹아 있죠

평평해진 육봉

연료 탱크 비우며
사막을 지났어요

제2부

자유

곶 감

강미라

늦가을 볕 좋은 처마 밑
곶감 열차 출발합니다
풍경 소리 싣고
대숲 바람 맞으며
연등 부처님께 달려갑니다

낙 엽

강병숙

누가 걸어 봤을까
예쁜 저 길을
발자국 하나 없는데

가을바람이 비켜 가다가
살포시 마음만 올려두고 갔나 봐

광고 효과

강춘수

부산역
눈에 들어오는 앞 등받이의 글

마음을 잇다 당신의 코레일

2시간 26분 후 서울역 도착
마중 나온 그녀를 만났다
우리는 뛰어다니는 두 심장을
붙잡느라 애를 먹었다

유실물

강춘수

내 머리를 열면
몇 날 며칠 밤을 새워 작성했다는
건설 착공을 위한
계약보증서,
추가 계약서와
기타 감독관이 요구하는 서류가 들어있다

우리 열차는 마지막 역인 서울역에 도착합니다
미리 준비하시기 바랍니다
오늘도 빠르고 편안한 KTX를 이용해주신 고객 여러분 고맙습니다
안녕히 가십시오

주인이 날 두고 내렸다
어쩌려고?
목이 탄다
내 입이 웃고 있지만 웃는 게, 웃는 게 아니다

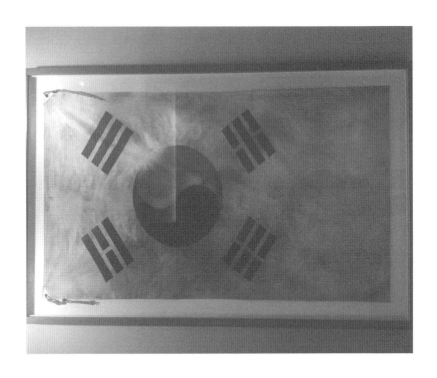

광주(狂誅)

권선욱

5월 봄날의 우렁찬 함성
매캐한 화약 냄새 지나가니
식어버린 얼굴에 면보 덮이는구나

두리안

김경아

울퉁불퉁 올록볼록
삐죽빼죽 뾰족뾰족

생긴 건 이래 봬도
맛은 좋겠지

두꺼운 껍질
쩌억, 갈라보니

어이쿠, 구린내!

이놈 참
성질머리 고약하네

코로 먹지 말고 혀끝으로 느껴봐
입 안 가득 퍼지는 달콤한 풍미
아보카도인 듯 혀를 감싸는 부드러움

진짜 나를 아는 이들은

나를 잊지 못하지

노란 길

김규용

어떤 이에겐 의미 없는 무늬
어떤 이에게는 빛이 되는 길

옥수수 미용실

김도영

합격입니다
맨드라미꽃 염색과
찰랑이는 펌

아카시아샵은 이만
잊겠습니다

길

김미나

게객 게게객
길 잃은 소라게

저 작은 울음소리
하늘 엄마 들었을까

좌르 좌르르
바다가 대답하네

백
  길
    해
      변
       ·
      소
       리
     길

따라오라고

아침 해님

김용덕

나뭇잎 사이로 온 해님이
거미줄에 걸렸네
날아갈 듯한 날개에
생채기를 내고 있다
실타래를 풀어 헤치며
부끄러운 얼굴을 내민다
그녀 향기를 전하니
나의 하루가
가볍고 자유로울 수가

2024년 1월 1일 오전 8:05

붉은 고추

김종우

한낮
가을볕에 샤워하다
풍속 사범으로 딱 걸려
지붕 위로 유배됐다

노란 눈물

김현숙

왜 버려졌을까

농부의 땀과 정성이
눈물처럼 떨궈져 있다

다음엔 예쁜 상자에
안기렴
선택받으렴

차가운 흙이
토닥여 준다

텃 밭

박지은

밤바람 쑤욱
새벽바람 쑤욱
아침 바람 쑤욱

게으른 주인 기다리다
오이 풍선
빵 터지겠네

자화상
-7살의 나에게

이미옥

노란 바나나
유치원 원복

아이 추워
빨간 딸기코

꼬불꼬불
양배추 단발머리

엄마가 비싸서
안 사준 나비 머리핀

내가 만들어서
꽂아줄게

비눗방울

이선정

대롱에 숨 불어넣어
몽글몽글 구슬을 빚는다

바람에 몸을 실어
둥실둥실 두둥실 떠다니다

햇살을 만나 무지개를 입었나 싶더니
찰나에 사라졌다

비눗방울 같은
미소가 내 얼굴에 번진다

설 렘

전혜순

작년을 받았습니다

다섯 개의 달 누비던
경포 해변

내가 나에게
시간을 건네는 위로

탄산 부서지는 파도 마시며
내년을 씁니다

제3부

엉겅퀴 꽃,
벌레 먹은 나뭇잎

달콤한 변명

강춘수

내가 살이 좀 많이 쪘지?
봄날 내내 레이스 커튼을 짰어
나무가 눈치를 줬지만 상관하지 않았지
우리 신혼집이잖아
햇살은 적당히 가릴 수 있어
구멍마다 숨겨 둔 실바람이 여름 땀을 식혀줄 거야
언제든 간식으로 먹어도 돼
이사 가면 또 만들어 줄게

넌 누구니?

강미라

하늘에서 뚝 떨어진 태양일까?
길 잃은 바닷속 복어일까?
부끄러워 빨개진 고슴도치 닮은 얼굴
가시 세운 네게서 꽃향기 가득하구나

애벌레

강병숙

나는야 나뭇잎 요정
초록 잎으로
햇살 촘촘 비치는 옷감을 짠다
가끔은 거미와 내기도 하고

누가 더 멋지게 수를 놓았는지
해님 오면 서로서로 묻기도 하지

소격란(蘇格蘭)

권선욱

엉겅퀴 날리는 스코틀랜드
아무리 밟히고 짓이겨도
다시 일어나리라

엉겅퀴

김경아

그들이 감히
범하려 한다

잎으로
줄기로
뿌리로
해체하려 한다

이파리 가득 세운
날카로운 가시 박힌
보랏빛 목소리

나를 건드리지 마세요

애벌레

김규용

나뭇잎 마을에서
별점 많은
맛집만
찾아다니는
미식가

시간 여행

김도영

숭숭한
구멍으로

슝슝
찬바람 지나도 끄떡없어요

풋내나는 여름 햇살이 떠나면서
땡땡이 옷 한 벌 남겨
주었거든요

줌 Giving

김미나

내어주니 보이는 것들

하늘과 햇살과 별빛들
그 속에 꿈틀거리는 생명

아버지의 마음

김용덕

번개가 때려도 폭풍이 몰려와도
차가운 세상 바람 다 막아주던
따뜻한 겨울 잠바 같던 아버지
눈썹에 쌓인 싸락눈 털어주던 그 다정한 눈빛
낮달은 어디서 잘려나가 반달로 시리고
허공에 뻗은 나뭇가지엔 바람만 걸렸다

늦가을

김종우

바람과 빗자루
나뭇잎 놓고

힘겨루기 한다

골다공증

김현숙

나뭇잎, 넌

내어주기만 하는
내 어머니
무릎을 닮았구나

은혜 갚은 애벌레

박지은

남의 집 창문 내던 아이
나비 되어
찾아와
열매를 선물로 주네

선 물

이미옥

안녕하세요
애벌레님

구멍 숭숭
시원하군요

더운 줄 어떻게 아시고
모시옷을 만들어 주셨나요

중용
-나무가 애벌레에게

이선정

네가 욕심을 덜어내니
그럴싸한 그늘도 만들어지고
우리 삶 이어갈 수 있어 좋구나

꼿 꼿

전혜순

말라 가는 나무

살을 파먹던 우글거림
단물 먹인 흔적

파고드는 바람은
통증

거죽만 남아도
자태 잃지 않는 노모처럼

나무는
무너지지 않는다

제4부

새집

쉼 터

강미라

나무판 일곱 조각은 꿈이 있었다지
난 창문 되어 따뜻한 햇살을 맞이할 거야 넌?
지붕 되어 비를 막아줄래
그럼 우린 기둥 되어 균형 잡아줄게

새들아,
언제든지 날아와 쉬었다 가렴

꿀벌의 오지랖

산행길 드문드문
나무 위의 작은 집
대문이 없네

딱새도 포로로
산까치도 푸드덕
우듬지 타고 놀던 청설모도
기웃기웃

대문을 달아줄까
창문을 만들까
윙윙윙
꿀벌만 드나들며
남의 집 설계에 바쁘다

소 원

강춘수

엄마
옛날 집이 그리워요
아빠랑 엄마가 나뭇가지 물어와
부리로 닦아주고
날개로 비벼주며 만들었던 그 집에는
아빠 냄새, 엄마 웃음이 있었지요
먹이를 구하러 갔던
아빠랑 엄마가 어디만큼 오는지 알 수 있었어요
언제든 하늘을 볼 수 있어서 좋았구요
따스한 햇볕을 받으며 낮잠을 자다가
뜨거운 태양 빛에 눈을 뜨면
어느새
작은 바람 큰바람이 불어와 우리 몸을 식혀주고
소나기가 오는 날이면
아빠 꽁무니 따라
까각까각각 웃으며 숨바꼭질했었지요

엄마
우리 언제 그 집으로 다시 갈까요?

HOME

권선욱

눈꺼풀 비비며 나서고
피곤해 돌아오고
끝내지 못한 일을 시작한다

한바탕 싸우며 나서고
화내며 돌아오고
또 다른 화제로 싸운다

팔 벌려 껴안고 나서고
울면서 돌아오고
낮에 있었던 이야기를 풀어 놓는다

준비물 흘리며 나서고
웃으며 돌아오고
긴장이 풀려 잠든다
하루의 시작과 끝에 우리 집이 있다

망 각

김경아

인간이 만들어 준 집에서
알을 품는
새는

둥지 트는 법을
잊었다

집

김규용

이곳을 나가
돌아오지 못한
숱한 사람들

어둑한 그곳에
그들이 돌아온다면
정말 그런 일이 생긴다면
집은 감았던 눈을
번쩍 뜨리라

새 집

김도영

한 달을 살아도 새집
평생을 살아도 새집

새집에서만 사는
새들은 좋겠다

새 집

김미나

익숙한 것들을 등지고 난 후
비로소 깃들 수 있는 새 둥지

새집증후군

김용덕

수족관 금붕어는 깊은숨을 토해내고
어둠에 붙들려있는 창문으로 고개를 내민다
꿈들이 머무는 곳을 나와
빛을 감춘 밤을 걷는다
달은 비밀을 속삭이고
노거수에 등껍질 같은 집 하나
문 없는 집에 별빛이 찾아오네

집으로

김종우

먹이를 물고 빨라진 날갯짓
어른거리는 돌배기 손주 모습

모습은 달라도
마음은 닮았다

최고의 건축가

김현숙

지푸라기와
이끼로 엮어 만든 집

물가 높은 나뭇가지 끝에
대롱대롱 매단 집

나뭇잎을 도르르 말아
거미줄로 기운 집

굵은 나뭇가지 사이에
가지인 듯한 집

누구에게 배웠을까
개성 넘치는 자신들만의 집

빈 집

박지은

집은 삶을 담는 녹음기
이제는
정지 상태
재생 버튼 눌러 줄 사람 어디 없나요

무상 증여

이미옥

사람들은
회색 네모
아파트 하나 사려고
평생을 일하는데

너희에게는
누군가
편백 나무 향
전원주택을 지어주었구나

내 집도
누가 지어주면 좋으련만

새집 주인 찾습니다

이선정

입주비 없음
주거 기간은 무한대
꾸밈은 마음껏 취향대로
층간 소음 최대 허용
아기 울음소리 얼마든지

고 립

전혜순

산속 오두막 고요히 폭설
하얀 원고지 검은 발자국

새들이 돌아올 때까지
또박또박

제5부

가로등 거미줄

세월의 얼레질

강미라

풀었다
감았다
끊겼다
풀었다
감았다

오랜 기다림 끝에
드디어 낚았다
눈물 한 방울

마중

강병숙

꼬불꼬불 산골길
모퉁이 돌면
왼쪽엔 공동묘지
오른쪽엔 개울물
머리털 쭈뼛쭈뼛 가슴은 쿵쿵

누가 달아놓았나 산모퉁이
전봇대에 형광등 하나
휴우
불빛도 깜박이며 인사한다

십 리 넘는 하굣길
마중 오시던 엄마는
이제 가로등 불 훤하니 걱정 없다 하시네

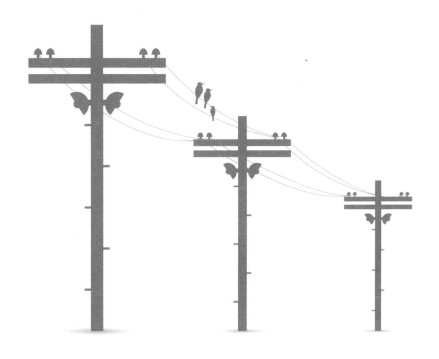

행 성

권선욱

밤에만 빛나는 머리 위의 태양 아래
나는 매일 행성을 짜고 있어요

간혹 그냥 지나치는 우주선도 있지만
착륙하는 우주선이 더 많아요

앗, 누군가 내 행성에 내려앉았어요
마중 나가야겠어요 환영 인사해야죠

일상

오늘도 매달리는
여린 손, 뿌리치며 나선
출근길

급한 일은 왜
퇴근 무렵 닥치는가

어린이집 신발장
작은 신발 한 켤레
덩그러니
홀로 엄마를 기다리는데

등에 업힌 아이의 여린 숨결
가로등 불빛만이 배웅하네

거미

김규용

외로운 그가
그물을 풀어놓고
쫑긋 더듬이 다리 앞세워
기다리고 있다
누구라도 찾아준다면
얼마나 좋을까?
애꿎은 더듬이 다리만
까딱거려본다

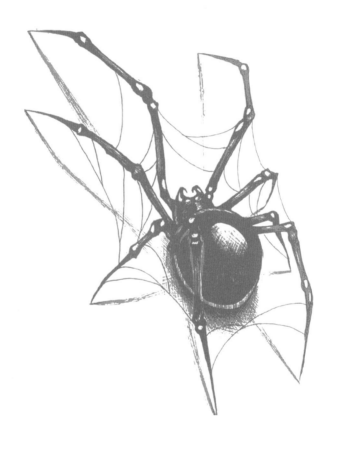

소녀와 가로등

김도영

어느 날엔가
외로운 소녀가 부르던 노래

조용한 밤
별이 된 소녀를 기억하는
창백한 가로등

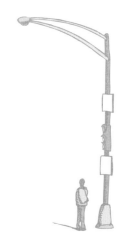

무상(無常)

김미나

보일 듯
말 듯
거미줄 위의
세상 고운 우주(雨珠)

순간
맺혔다
금세
사라지지는 우주(宇宙)

새벽은 이슬을 안고 온다

김용덕

거미줄은 이슬을 품고 있다
초록 바람은 풀잎을 흔들고
나는 그 향기에 젖는다

나뭇잎 이슬로 세수하는 작은 새 한 마리
새벽을 데리고 왔다
구름은 실타래 같은 옷을 벗어
나뭇가지 걸어 놓는다

풀잎 향기가 해님을 데리고 오면
젖은 마음 거미줄에
말리고 싶다

허방다리

김종우

소문 무성한 거리

일자리 찾아왔다
기술을 배우러 왔다

이 모두가 먹고살려다 일어난 사건

눈 뜨고 코 베이는 덫

거미줄과 가로등

김현숙

한 땀 한 땀

지치지 않은 노력에 보내는
조건 없는 갈채

아낌없는 환호

드래그라인[1]

박지은

거미는
바람이 불 때를 기다려
거미줄을
친다

---

1 드래그라인(dragline): 거미가 거미집의 골격을 만들 때 처음으로 내뿜는
  실로, 거미줄 중에서 가장 강한 줄이다.

명당

이미옥

시행착오 끝에
찾았다

빛 쫓는 녀석들
어서 오라

거미와 가로등

이선정

등세권에 자리 잡은 은빛 그물
사람들이 우러러보는 초고층
밤낮없이 진동이 울리면
푸짐한 식탁이 차려진다
결국 욕심은 과로를 부른다
밤낮 짓고 허물고를 반복해야 하는 굴레

부디

전혜순

새벽 암 병동 링거 줄이 흔들린다
거미줄에 얽혀 출렁이는 환자 모니터
한 숟가락의 죽도 토해내는 위
사력을 다해 응급실 통과하는 성근 아침

시집을 내며

🖋 강미라

폰카 시가 궁금해서 작가님의 강의를 노크하게 되었습니다. 시가 뭔지도 모르던 제가 생애 첫 시집을 내게 되었네요. 일상이 시임을 가르쳐 주신 작가님과 함께 시를 쓰고 마음을 나눠 주신 여러 선생님께 감사의 말씀을 전합니다.

🖋 강병숙

가슴과 머리는 열정의 끝을 모르고 달리는데 표현의 부재에 늘 부딪히게 됩니다. 아름다운 울림을 남기고 싶은 마음입니다.

🖋 강춘수

2024년 새해부터 시를 붙들고 언어를 찾아 깎고 다듬으며 고아낸 글들을 웃음으로 마무리합니다. 함께한 문우들과 작가님께 심심한 인사 드려요. 혹, 짠맛이 필요하시나요? 시를 읽어 보세요. 시를 직접 써 보세요. 인생의 간이 딱 맞을 거예요.

🖋 권선욱

2024년 초, 좋은 분들과 멋진 배움의 시간을 갖게 되었습니다. 그 결과물로 2년 전 짧은 에세이에 이어, 이번에는 짤막한 시 몇 개를 조심스레 꺼내 놓습니다. 지금 보아도 부족한 습작을 시간 내어 읽어 주신 분들 모두 감사합니다.

✍ 김경아

시 한 편 쓸 줄 모르면서 감히 타인의 시를 평가하며 살아왔습니다. 시를 공부하며 더욱 겸손해지는 법을 배웠습니다. 시를 쓰자 삶이 시가 되었습니다. 시를 사랑하는 사람들과 함께 시의 마음을 나누고 싶습니다.

✍ 김규용

고등학교 시절 국어책에 실린 조지훈 시인 승무를 만나 무척 감동했던 기억이 새롭습니다. 텃밭에서 정성 들여 새싹을 키우듯, 시 밭에서 만나는 아직은 거친 시어들을 다듬고 다듬어 점점 보드랍게 키우고 싶습니다.

✍ 김도영

세상 모든 것이 시가 되어 팔딱이고 있다는 사실을 다시금 깨달은 시간이었습니다. 혼자 쓰기도 좋지만 함께 쓰기의 귀한 시간을 내어주신 김미희 작가님과 후마니타스 가족, 폰카 시 3기 선생님들과의 소중한 인연에 깊은 감사 드립니다.

✍ 김미나

그해 겨울 조우, 맞아요. 정말 우연히 만났어요. 폰카 시 3기를. 이렇게 걷다 보니 선물처럼 꼬마 미나의 버킷리스트 하나가 이루어지고 있네요. 오늘의 날씨는 맑음입니다.

✎ 김용덕

우리는 인간과 자연의 공통된 의지가 있습니다. 그 의지의 방향이 우리 삶의 길잡이가 된다고 합니다. 살아가면서 어렵고 힘이 들 때 『그해 겨울 폰카 시』 한 편으로 희망과 깨달음을 얻었으면 합니다.

✎ 김종우

폰카 시가 어쩌다 내게 왔다. 삶의 새로운 활력소가 된 폰카 시. 어떤 모습일까, 나의 폰카 시.

✎ 김현숙

사물이 걸어오는 말들에 귀 기울이며 자연의 섭리와 마주하며 자신을 드러낼 수 있는 시간으로 24년 새해를 시작할 수 있음에 행복했습니다. 김미희 선생님의 꼼꼼한 가르침과 문우들의 따뜻한 관심 속에 함께하는 기쁨을 느끼는 시간이었습니다.

✎ 박지은

책 속에서 내 안의 창조성을 깨우는 방법으로 어릴 적 무엇을 좋아했는지 질문해 보라는 구절을 만났습니다. 폰카 시는 25년 전, 시를 사랑했던 10대의 나를 다시 만나는 시간이었습니다. 시와의 재회가 설레고 따뜻한 경험이었습니다.

✎ 이미옥

같은 곳을 바라보나 다른 시야각을 가진 사람들이 폰카 시로 인연을 맺었고, 사물을 흐릿하게 보던 내가 시를 통해 선명하게 관찰하는 사람으로 바뀌었습니다. 세상에 사소한 것은 없습니다. 그것을 바라보는 우리의 시선이 그러할 뿐이지요. 시를 쓰면서 나는 달라졌고, '지나다 마주친 작은 것 하나도 의미를 부여하고 소중하게 다뤄야 한다.'라는 걸 깨달은 시간이었습니다.

✎ 이선정

2024년 시작은 폰카 시를 배우며 19년 동안의 학교생활을 쉬어가는 틈에서 마음이 한 뼘 성장하는 시간이 되었습니다. 사진을 보고 사물을 관찰하며 나를 되돌아보는 시간을 갖게 되었습니다. 바쁜 일상에서 통찰의 기쁨과 행복을 주는 폰카 시를 함께 읽어 보시겠습니까?

✎ 전혜순

글쓰기는 시작 순간부터 머리 아프지만, 쓸 수 없는 상황은 몇 배의 고통이었습니다. 그럴 때마다 경향신문 후마니타스는 은신처였고 피난처였습니다. 겨울 학기에 만난 폰카 시는 간절한 오아시스였습니다. 위로를 선물해 주신 김미희 작가님께 깊이 감사드립니다.

작가 소개

강미라

폰카 찍기를 좋아하는 나
폰카와 시가 만나면 어떤 작품이 탄생할까?
긴장 반 설렘 반으로 사진 속에 시를 담아 봅니다.

강병숙

간호학과 아동·청소년 복지를 공부하고
현재는 간호사로 근무 중이며 폰카 시란 매력적인 영역이
궁금하여 살며시 문 열어봅니다.

강춘수

그림책 전문가가 폰카 시를 만나 상쾌한 맑음이었던 기억을 안고
이제, 두 걸음 뗀 시인으로 살게 되었습니다. 시를 노래하는 마음으
로 이 세상 모든 것들을 사랑하겠습니다.

권선욱

직장생활 20년 차, 2,500만 샐러리맨 중 한 명입니다. 샐러리맨을
대표하여 다수의 여행, 영화, 스포츠 관람을 즐깁니다. 한 번뿐인
인생, 다양한 경험을 쌓으며 후회 없이 살자는 신조로 오늘 아침도
묵묵히 지하철에 오릅니다.

김경아

두 딸이 읽고 쓰는 엄마의 뒷모습을 보며 가슴에 시(詩)를 품고 사는 사람이 되기를 소망하는 평범한 사람입니다.

김규용

산행을 즐기며 동적인 생활을 하며 살았습니다. 그냥 스쳐 지나갔던 사물들에 이제는 따스한 옷을 입히며 살아가려 합니다.

김도영

동시 쓰기, 시 낭송과 함께 일상으로 자리 잡은 폰카 시 쓰기.
울림이 있는 폰카 시 쓰기로 즐거운 인생 2막 GO GO!

김미나

들숨과 날숨 사이 그곳, 그 자리가 고향이기에 좌충우돌, 희로애락 속에서도 지금 여기에서 싱긋 웃습니다. 만행 중 시어(詩語)를 주우며.

김용덕

자연보호연맹의 사회단체에 활동하면서 자연에 대한 인식을 공유하게 되었습니다. 글을 쓴다는 것은 과거와 현재 미래를 넘나드는 것이 아닌가 생각하며 나도 시간 속에 숙성되었으면….

김종우

늘 변신을 꿈꾸지만 어떤 것이 내 모습일까?
얼마를 더 버려야 명징한 내가 될까?

이른 아침 새들의 지저귐, 후드득 떨어지는 빗소리, 바람에 흔들리는 나뭇잎의 날갯짓, 그 사이에 숨어있는 시어를 찾는 부지런한 심마니를 꿈꾸는 몽상가입니다.

삶이 펼쳐주는 장면을 기대하며 내가 아는 것을 실천하며 살아가고자 합니다. 읽고 쓰고 함께 나누며 경험하는 것을 좋아합니다.

세상에 존재하는 따뜻한 말들을 모아 전달하고픈 모아쌤입니다. 청소년을 대상으로 하는 놀이식 한국사 강의, 그림책 낭독 활동을 하고 있습니다. 폰카 시에 매료되어 시인이 되고자 합니다.

신명 나는 도덕 선생님이라 불리는 교사입니다. 꽃 동시를 시작으로 폰카 시를 배워 삶을 노래하는 시를 써 아이들과 더 많은 사람과 소통하고 싶습니다.

순수문학을 전공하였으나 미해결 과제로 남긴 채 떠돌았습니다. 책상에 앉아 펜을 들면 언제나 처음. 도돌이표가 아닌 작은 성취감을 찍고 싶습니다. 2024년, 잠시 일을 내려놓고 탈출기를 쓰며 고독을 선택했습니다.

그해 겨울, 폰카 시

펴 낸 날	2024년 05월 17일
지 은 이	강미라, 강병숙, 강춘수, 권선욱, 김경아, 김규용, 김도영, 김미나, 김용덕, 김종우, 김현숙, 박지은, 이미옥, 이선정, 전혜순
지도 및 감수	김미희
표지일러스트	김미나
진 행	경향신문 후마니타스연구소 송현숙, 최희주, 이수진
기 획	경향신문 후마니타스연구소
전 화	02) 3701-1046~7
홈페이지	https://humanitas.khan.co.kr
펴 낸 곳	도서출판 생각나눔
기획편집	서해주, 윤가영, 이지희
출판등록	제 2018-000288호
주 소	경기도 고양시 덕양구 청초로 66, 덕은리버워크 B동 1708호, 1709호
이 메 일	bookmain@think-book.com

• 책값은 표지 뒷면에 표기되어 있습니다.
  ISBN 979-11-7048-702-9(03810)